TABLEAUX

ET

DESSINS

DE L'ÉCOLE MODERNE

Provenant de la Collection de M. B.

EXPOSITION

Vendredi 21 Décembre

VENTE

Samedi 22 Décembre

Me ESCRIBE, Commissaire-Priseur.

M. Francis PETIT, Expert.

RENOU ET MAULDE

IMPRIMEURS DE LA COMPAGNIE DES COMMISSAIRES-PRISEURS

Rue de Rivoli, 144.

CATALOGUE

DE

TABLEAUX

ET

DESSINS

DE L'ÉCOLE MODERNE

Provenant de la Collection de M. B.

DONT LA VENTE AURA LIEU

HOTEL DROUOT

SALLE Nº 7

Le Samedi 22 Décembre 1860

A 2 HEURES PRÉCISES

Par le ministère de Mᵉ **ESCRIBE**, Commissaire-Priseur,
Successeur de M. RIDEL, 217, rue Saint-Honoré,
Assisté de M. **Francis PETIT**, Expert, 43, rue de Provence.

EXPOSITION PUBLIQUE

Le Vendredi 21 Décembre 1860, à 1 heure.

1860

CONDITIONS DE LA VENTE

———

Elle sera faite au comptant.

Les acquéreurs paieront, en sus des adjudications, cinq pour cent applicables aux frais.

TABLEAUX

BARON

1 — Le Retour du bois.

H. 22 c. L. 18 c.

2 — Le jeune Poëte.

H. 35 c. L. 26 c.

BEAUMONT (DE)

3 — Le Printemps.

H. 240 c. L. 187 c.

4 — L'Été.

H. 240 c. L. 187 c.

(Deux grandes décorations de forme cintrée.)

CAROLUS

5 — Le Ménage heureux.

H. 65 c. L. 55 c.

CHARLET

6 — Le Retour du cabaret.

H. 35 c. L. 27 c

COCK (XAVIER DE)

7 — Pâturage flamand.

H. 55 c. L. 75 c.

DECAMPS

8 — Paysage d'Orient.

H. 33 c. L. 40 c.

9 — Une Métairie. Paysage avec figures, effet de
soleil couchant.

H. 90 c. L. 90 c.

10 — Chasseur au marais.

H. 21 c. L. 16 c.

DE DREUX (ALFRED)

11 — Le Retour au château.

H. 91 c. L. 139 c.

DELACROIX (EUGÈNE)

12 — Tigre couché au milieu de rochers.

H. 32 c. L. 50 c.

13 — Arabe à cheval prêt à combattre.

H. 55 c. L. 45 c.

DELFOSSE

14 — Le vieux Galant surpris.

H. 72 c. L. 59 c.

DEVOS

15 — Chiens épagneuls.

H. 62 c. L. 51 c.

DIAZ

16 — Bûcherons dans la forêt.

H. 42 c. L. 35 c.

17 — Nymphe assise, tenant un jeune Amour sur
ses genoux.

H. 35 c. L. 25 c.

18 — Paysage avec figures.

H. 31 c. L. 46 c.

19 — La Sainte Famille.

H. 67 c. L. 52 c.

DUPRÉ (JULES)

20 — Route près de l'Ile-Adam.

H. 38 c. L. 45 c.

FRÈRE (ÉDOUARD)

21 — Jeune Fille préparant une robe de bal.

H. 25 c. L. 19 c.

FORTIN

22 — Le Déjeuner, famille de paysans bretons.

H. 45 c. L. 37 c.

GUILLEMIN

23 — Les Premières lettres.

H. 23 c. L. 19 c.

HAMON

24 — Les Papillons apprivoisés.

H. 43 c. L. 37 c.

HERMAN (LÉON)

25 — La Proie disputée.

H. 142 c. L. 110 c.

HINTZ

26 — Un Port à marée basse.

H. 80 c. L. 61 c.

HOFER

27 — Jeune Fille embrassant une colombe.

H. 55 c. L. 46 c.

28 — Tête de jeune femme.

H. 55 c. L. 46 c.

HOFER

29 — Jeune Fille cachant une lettre.

H. 60 c. L. 49 c.

30 — Les deux Roses.

H. 65 c. L. 54 c.

HOGUET

31 — Moulin hollandais.

H. 115 c. L. 95 c.

32 — Barque de pêcheur à l'ancre.

H. 21 c. L. 28 c.

HUGUET

33 — Halte d'une caravane dans le désert.

H. 63 c. L. 102 c.

ISABEY

34 — Petit Port de mer sur les côtes de la Manche,
effet de soleil couchant.

Forme cintrée.—H. 72 c. L. 66 c.

35 — Jeune Fille de pêcheur descendant l'escalier
d'un port.

H. 30 c. L. 20 c.

36 — Plage à marée basse.

Des seigneurs et dames de la cour de Louis XIII
viennent acheter du poisson à l'arrivée des pêcheurs.

H. 55 c. L. 96 c.

ISABEY

27 — Défense d'une côte par des soldats de l'armée
de Louis XIII.

H. 56 c. L. 80 c.

KRUSEMAN

38 — Une Tour en ruine aux environs d'Arnheim,
effet d'hiver.

H. 28 c. L. 36 c.

MARILHAT

39 — La Mare aux cigognes.

H. 30 c. L. 25 c.

PAPETY

40 — La Sortie du bain.

H. 40 c. L. 32 c.

PELLETIER

41 — Corbeille de fruits à demi renversée sur une
tablette de pierre.

Forme ovale. — H. 72 c. L. 58 c.

RAFFET

42 — Soldat de la République à genoux, armant son
fusil.

H. 32 c. L. 24 c.

REYNOLDS

43 — Bords de la Seine.

H. 28 c. L. 43 c.

SAINT-JEAN

44 — Pêches, prunes et fraises dans une feuille de chou.

H. 27 c. L. 35 c.

SCHEFFER (ARY)

45 — Portrait de M. Dupont (de l'Eure).

H. 65 c. L. 55 c.

TASSAERT

46 — La Mère convalescente.

H. 56 c. L. 48 c.

47 — Le bon Ange gardien.

H. 40 c. L. 31 c.

TROYON

48 — Plage et falaises au soleil couchant.

(Panneau de décoration.)
H. 85 c. L. 62 c.

49 — Marine, effet de brouillard.

H. 45 c. L. 76 c.

50 — Falaises d'Etretat.

Forme cintrée.—H. 72 c. L. 36 c.

TROYON

51 — Marine, effet du soir.

H. 60 c. L. 36 c.

52 — Troupeau traversant un pont.

H. 00 c. L. 00 c.

VERNET (HORACE)

53 — Portrait de Louis-Philippe, duc d'Orléans (1818).

H. 62 c. L. 54 c

DESSINS

BEAUMONT (ÉDOUARD DE

54 — Les Enfants galants.

(Suite de six dessins.—Aquarelle.)

55 — Le Courrier de la Manche.

(Aquarelle.)

BENOUVILLE

56 — Saint François d'Assise bénissant la ville d'Assise.

(Dessin.)

57 — Sainte Claire recevant le corps de saint François d'Assise.

(Dessin.)

58 — L'Ame de saint François d'Assise montant vers le ciel.

(Dessin.)

59 — Figure d'Ange.

Figure de saint François d'Assise.

(Deux dessins dans le même cadre.)

BOULANGER (Mme ÉLISE)

60 — Le Départ.

(Aquarelle.)

DECAMPS

61 — Josué arrêtant le soleil.

   Première pensée de la composition connue sous ce titre.
(Fusain.)

62 — Femme arabe embrassant son enfant.
(Dessin rehaussé.)

63 — Vue du Caire.
(Mine de plomb.)

DELAROCHE (PAUL)

64 — Un Seigneur de la cour de Louis XIII.
(Mine de plomb.)

KOELMAN

65 — Une Femme italienne.
(Aquarelle.)

MARILHAT

66 — Environs du Caire.
(Mine de plomb.)

PAPETY

67 — L'Age d'or.
(Aquarelle.)

68 — Femme mauresque tenant un miroir.
(Aquarelle.)

PILS

69 — Artilleurs pointant une pièce.

(Aquarelle.)

PRUD'HON

70 — Les trois Parques.

(Trois dessins rehaussés de blanc.)

RAFFET

71 — Bonaparte étudiant la géographie.

(Sépia.)

REDOUTÉ

72 — Bouquets d'anémones de diverses couleurs.

(Aquarelle.)

H. 36 c. L. 23 c.

ROUSSEAU (PH.)

73 — Basse-Cour.

(Fusain.)

SCHEFFER (ARY)

74 — Françoise de Rimini.

Dessin original du tableau qui faisait partie de la collection du duc d'Orléans.

H. 24 c. L. 33 c.

TESSON

75 — Le Port d'Alger vu de la poudrière.
(Aquarelle.)

76 — Un Chantier à Calais.
(Aquarelle.)

77 — Un Moulin à eau à Valenciennes.
(Aquarelle.)

78 — Marché dans une ville du Midi.
(Aquarelle.)

79 — Souvenir de Picardie.
(Aquarelle.)

80 — Un Puits sur la route de Birmandrès.
(Aquarelle.)

81 — Halte d'une caravane près Damas.
(Aquarelle.)

82 — Une Foire aux environs de Chantilly.
(Aquarelle.)

83 — Place et Eglise de Boulogne.
(Aquarelle.)

84 — Une Marchande de fruits.
(Aquarelle.)

85 — Entrée du Bazar de Smyrne.
(Aquarelle.)

86 — Une Fontaine à Constantinople.
(Aquarelle.)

ZIEM

87 — Une Mare, effet de soleil couchant.

(Aquarelle.)

88 — Environs de Cayeux, effet de soir.

(Aquarelle.)

89 — Moulin à vent.

(Aquarelle.)

RENOU et MAULDE, imprimeurs de la Compagnie des Commissaires-Priseurs,
rue de Rivoli, 144.   14115